AF591997

ALCIDE,

TRAGEDIE.

EN MUSIQUE,

REPRESENTE'E

PAR L'ACADEMIE ROYALLE DE MUSIQUE.

On la vend,
A PARIS,
A l'entrée de la Porte de l'Academie Royalle de Musique,
Au Palais Royal, ruë Saint Honoré.
Imprimée au dépens de ladite Academie.
Par CHRISTOPHE BALLARD, seul Imprimeur du Roy pour la Musique.
M. DC. XCIII

AVEC PRIVILEGE DV ROY.

ACTEURS
DU PROLOGUE.

Roupe de Guerriers & de divers Peuples.

LA VICTOIRE.

Troupe de Peuples heureux.

Troupe de Bergers & de Bergeres.

Troupe de Pastres.

PROLOGUE.

Le Theatre represente le Temple de la Victoire.

CHOEUR DE GUERRIERS, & de divers Peuples.

Vous, qui dispensez la Gloire!
Deesse des Heros, éclatante Victoire,
Accordez-nous vostre secours.
Helas! nous fuirez-vous toûjours?

UN GUERRIER.

En vain la fureur qui nous guide
Nous arme tous contre un Roy fortuné.
Malgré tous nos efforts ce Monarque intrepide
De vos Lauriers est toûjours couronné.

LE CHOEUR.

Accordez-nous vostre secours.
Helas! nous fuirez-vous toûjours?

UN GUERRIER.

La Deesse descend, implorons sa puissance,
Et par nos chants celebrons sa presence.

LE CHOEUR.

Accordez-nous vostre secours.
Helas! nous fuirez-vous toûjours?

LA VICTOIRE.

Peuples, n'esperez pas que vostre destin change,
Il ne m'est pas permis de m'attacher à vous.
L'invincible Heros dont vous estes jaloux
Malgré moy, quand il veut, à sa suite me range.
En vain à ses projets je voudrois m'opposer,
Sa prudence me force à les favoriser.

UN GUERRIER.

N'emporterons-nous rien qu'une rage inutile?

LA VICTOIRE.

Allez, quittez ce Temple, où vos vœux empressez
Ne seront jamais exaucez.

PROLOGUE.

LE CHŒUR.

O Dieux ! où pourrons-nous trouver un seur azile ?

LA VICTOIRE seule.

Habitans des climats heureux
Qui du plus grand des Roys forment le riche Empire,
Venez vous occuper des plaisirs & des jeux,
Qu'un parfait bonheur vous inspire.

La Victoire s'en va.

Troupe de Peuples heureux de Bergers, de Bergeres & de Pastres.

UN HABITANT DES CLIMATS HEUREUX.

De tous nos ennemis la fureur & les armes
Ne nous font point sentir d'alarmes ;
Nous ne craignons point leurs projets.
Nous pourrions ignorer qu'ils ont rompu la Paix,
Si pour celebrer nos conquestes
Nous n'estions obligez de preparer des festes.

UNE BERGERE.

L'Amour fuit l'horreur de la Guerre
Qui luy ravit ses charmes les plus doux.
Mars l'a chassé du reste de la terre,
Il s'est retiré parmy nous.

PROLOGUE.

LE CHOEUR.

L'Amour fuit l'horreur de la Guerre
Qui luy ravit ses charmes les plus doux.
Mars l'a chassé du reste de la Terre,
Il s'est retiré parmy-nous.

UNE BERGERE.

Dans nos retraites paisibles
Il établit son Empire & sa Cour.
Il y blesse chaque jour
Les cœurs les plus insensibles,
Et sa presence rend ces lieux
Mille fois plus charmans que le sejour des Dieux.

UN PASTRE.

Nous joüissons au milieu de la Guerre
Des biens d'une profonde Paix.
Ceres pour nous prodigue ses bien-faits.
Les plus riches moissons brillent sur nostre terre.
Nous joüissons au milieu de la Guerre
Des biens d'une profonde Paix.

UN HABITANT DES CLIMATS HEUREUX.

Pour plaire à ce Vainqueur que la Gloire couronne,
Passons à de plus nobles jeux:
Celebrons le repos que sa valeur nous donne
Par quelque Spectacle pompeux.

PROLOGUE.

LE CHOEUR.

Pour plaire à ce Vainqueur que la Gloire couronne,
Passons à de plus nobles jeux :
Celebrons le repos que sa valeur nous donne
Par quelque Spectacle pompeux.

FIN DU PROLOGUE.

ACTEURS
DE LA TRAGEDIE.

LCIDE, *Fils de Jupiter & d'Alcmene.*

DEJANIRE, *Reyne de Calidon, épouse d'Alcide.*

IOLE, *Fille d'Euritus Roy d'Æcalie.*

PHILOCTETE, *Prince amy d'Alcide.*

ÆGLE', *Princesse du sang des Roys d'Æcalie.*

LICAS, *suivant d'Alcide.*

Troupe de suivans d'Alcide.

Troupe des Peuples d'Æcalie.

L'AMOUR.

Troupe de Zephirs & de Nimphes.

Troupe de Prestres.

THESTYLIS, *Fameuse Enchanteresse de la Thessalie.*

Troupe d'Enchanteresses de la Thessalie.

ALCIDE.

ALCIDE,

TRAGEDIE.

ACTE PREMIER.

Le Theatre repreſente le Palais des Roys d'Æcalie.

SCENE PREMIERE.

IOLE ſeule.

QUEL doit eſtre ton ſort, Iole infortunée?
A quels pleurs és-tu condamnée,
Eſclave d'un Guerrier craint de tout l'Univers?
Alcide de mes jours eſt l'arbitre ſupréme,
Et l'éclat de mon Diadéme
Eſt effacé par la honte des fers.

J'ay vû perir nos Chefs & ma Famille entiere,
J'ay tout perdu quand j'ay perdu mon pere,
Je voy souffrir mes fidelles sujets;
Cependant au milieu de ces tristes objets,
Par une plus prompte deffaite,
Je suis soûmise aux loix d'un plus puissant vainqueur,
Et l'amour a surpris mon cœur
Avec les traits de Philoctete.

Je dois le salut de mes jours
A l'ardeur dont ce Dieu m'anime,
Sans ce favorable secours
De mes douleurs j'eusse esté la victime.

SCENE SECONDE.

IOLE, ÆGLÉ.

ÆGLÉ.

POur me cacher vos maux fuyez-vous ma presence?
M'enviez-vous le bien de me plaindre avec vous?

IOLE.

L'amitié que le sang a fait naître entre nous,
En doit bannir un soupçon qui l'offence.

Chere Ægle jusques à ce jour
Mon cœur pour vous fut toujours sans mistere,
Vous sçavez mes malheurs, vous sçavez mon amour
Quel secret aurois-je à vous faire?

ÆGLE'.

Le perte d'Euritus dont vous tenez le jour
Sous un joug étranger fait gemir l'Æcalie.

IOLE.

Ne verray-je jamais sa grandeur restablie?
Ne verray-je jamais couronner mon amour?
Le Ciel permettra-t'il que le Prince que j'ayme
Maistre enfin de son sort .... Mais le voicy luy-mesme.

SCENE TROISIE'ME.

IOLE, PHILOCTETE, ÆGLE'.

PHILOCTETE.

PRincesse, les destins se declarent pour nous
Dejanire en ces lieux vient trouver son époux.
Le sang qui pour moy l'interesse
L'obligera de servir ma tendresse.
Alcide par ses soins propice à mes soupirs,
Par un heureux Hymen comblera mes desirs,
Ce Heros vous rendra la Paix & vostre Empire.

IOLE.

C'est à ce bien seul que j'aspire,
Moins pour tenir encor mes Peuples sous ma loy
Que pour vous voir sur le trône avec moy.

PHILOCTETE.

Quel soin, quel important service
Peut m'acquitter jamais de ce que je vous doy?

IOLE.

Je ne veux pour tout sacrifice
Qu'un tendre amour, qu'une constante foy.

PHILOCTETE.

Ah! croyez-en le serment que j'en fais
Mon ardeur est pure & fidelle
Et ne mourra jamais.

IOLE.

Non, rien ne peut éteindre desormais
Une flame si belle
Elle est pure & fidelle,
Et ne mourra jamais.

IOLE & PHILOCTETE.

Non, rien ne peut éteindre desormais
Une flame si belle
Elle est pure & fidelle,
Et ne mourra jamais.

SCENE QUATRIE'ME.

IOLE, ALCIDE, PHILOCTETE, ÆGLE', LICAS.

ALCIDE.

Prince, allez ordonner les aprests d'une feste
Qu'à l'honneur de Junon je pretens celebrer.
Ne perdez point de temps, allez tout preparer,
Tandis qu'un autre soin dans ce Palais m'arreste.

SCENE CINQUIE'ME.

IOLE, ALCIDE, ÆGLE', LICAS.

ALCIDE.

Princesse, ma vengeance a fait couler vos pleurs,
Vostre pere est tombé sous l'effort de mes armes,
Je viens avec éclat reparer vos malheurs,
Et tarir pour jamais la source de vos larmes.
Regnez sur vos Estats, & regnez sur mon cœur,
L'amour sous vostre Empire a mis vostre vainqueur.

IOLE.

Ciel!

ALCIDE.

Vainement j'ay voulu me contraindre,
Ma douleur me force à me plaindre.

IOLE.

Que je sens de trouble & d'effroy!
Helas, Seigneur, qu'attendez-vous de moy?
Songez-vous qui je suis? songez-vous qui vous estes?
Avez-vous oublié les pertes que j'ay faites?

ALCIDE.

Je m'en souviens sans cesse, & par ce souvenir
Je m'irrite contre moy-mesme.
De mes exploits je voudrois me punir,
Et je hais ma valeur supréme;
Mais bannissons ces funestes objets.
Que les nœuds de l'hymen forment ceux de la Paix,
Que vostre main soit le prix de ma flame.

IOLE.

Ah! que pretendez-vous? pensez-vous que mon ame
Se détermine à vostre gré?

ALCIDE.

Alcide en vain n'a jamais soupiré,
Mes soins triompheront de vostre indifference.
Cependant je veux qu'en ces lieux
Un parfait bonheur recommence.
En ma faveur le souverain des Dieux
Sur vos sujets versera l'abondance.
Leur repos desormais me devient precieux,
Contre tout l'Univers j'entreprens leur deffence.
Trop heureux de plaire à vos yeux
En vous sacrifiant mes jours & ma puissance.

Vous Peuples que le droit des armes
A livrez aux horreurs de la captivité,
Venez, quittez vos fers, & joüissez des charmes
D'une nouvelle liberté.

SCENE SIXIE'ME.

IOLE, ÆGLE', Troupe de Peuples d'Æcalie.

Chœur de Peuples d'Æcalie.

Quittons nos fers & joüissons des charmes
D'une nouvelle liberté.

Un Habitant d'Æcalie.

Le fils du Dieu qui lance le tonnerre
Cesse aujourd'huy de nous faire la guerre,
Revenez doux plaisirs qu'il avoit écartez,
Iole vous redonne à cette heureuse terre,
En chargeant son vainqueur des fers qu'elle a portez.

Un autre.

Que leurs flames soient mutuelles,
Tout conspire à lier leurs cœurs,
Alcide est le Roy des vaiqueurs,
Iole est la Reyne des belles.

Le Chœur.

Que leurs flames soient mutuelles,
Tout conspire à lier leurs cœurs,
Alcide est le Roy des vainqueurs,
Iole est la Reyne des belles.

Chantons, chantons tous,
Amour nostre bonheur est l'effet de tes coups.

IOLE.

Joüissez des faveurs que vous fait la Fortune;
Mais cachez à mes yeux vostre joye importune,
Ses transports éclatants ne sçauroient me flatter,
Lorsque je pense au prix qu'elle me doit couter.

SCENE SEPTIE'ME.

IOLE, ÆGLE'.

IOLE.

QUe mes maux ont de violence!
Je pers pour jamais l'esperance
Qui n'entrera qu'un moment dans un cœur enflamé,
Foible cœur! ce moment d'un espoir plein de charmes
Sera payé par d'éternelles larmes!
Que tu serois heureux de n'avoir point aymé!

ÆGLE'.

ÆGLE'.

Le Ciel devenu pitoyable
Peut encor changer vostre sort.

IOLE.

Non je ne puis douter qu'il ne veüille ma mort
Aprés tous les malheurs dont sa haine m'accable.

Mon destin s'explique aujourd'huy,
Je n'en vois l'horreur qu'avec crainte,
Mais cherchons Philoctete, & goûtons sans contrainte
La sensible douceur de pleurer avec luy.

Fin du premier Acte.

ACTE SECOND.

Le Theatre represente les superbes Jardins d'Euritus.

SCENE PREMIERE.

ALCIDE, PHILOCTETE.

ALCIDE.

QVoy Dejanire est en ces lieux ?

PHILOCTETE.

Elle va paroistre à vos yeux ;
Son amoureuse impatience
N'a pû dans Calidon la souffrir plus long-temps :
Elle vient pleine d'esperance
Payer vos exploits éclatans,
Des plaisirs les plus doux qu'aprés une victoire
Dans le cœur d'un Heros l'amour mêle à la gloire.

ALCIDE.

Que ce ſoin me confond & m'afflige en ſecret!
Je ne puis la voir qu'à regret,
Que luy diray-je, ô Ciel! Elle vient, je friſſonne.

SCENE SECONDE.

ALCIDE, DEJANIRE, PHILOCTETE.

DEJANIRE.

ENfin, Seigneur, je vous revoy.
Par mon empreſſement je vous prouve ma foy.
Aux plus charmans tranſports mon ame s'abandonne,
Je me flate... Mais Dieux! vous me glacez d'effroy,
Vos regards menaçans marquent voſtre colere.
Qu'aurois-je fait, helas! qui puiſſe vous deplaire?

ALCIDE.

Vous avez quitté vos Eſtats
Qui demandent voſtre preſence,
Vous venez malgré ma deffence.

DEJANIRE.

C'eſt l'Amour qui conduit mes pas.

J'ay crû me pouvoir tout permettre,
J'ay negligé pour luy vos ordres abſolus.

Depuis quand n'excuse-t'il plus
Tous les crimes qu'il fait commettre?

Pardonnez à l'ardeur qui m'entraîne avec vous
Un départ qui vous offence,
Ne me faites plus voir ce terrible courroux....

ALCIDE.

Etouffez-le par vostre obeissance,
Courez à Calidon, ne me resistez pas,
Allez-y maintenir mes loix & ma puissance.
Par vos soins, par vostre presence
Des peuples mutinez reprimez l'insolence,
Et prevenez leurs attentats.
Partez, pressez ce retour necessaire,
C'est le seul moyen de me plaire.

SCENE TROISIE'ME.

DEJANIRE, PHILOCTETE.

DEJANIRE.

QU'ay-je oüy, malheureuse? il me chasse, il me fuit,
C'est-là de tant d'amour le déplorable fruit.
Alcide m'abandonne, ah fortune cruelle!
Mes transports seront vains, mes desirs superflus?

Parlez, Prince, parlez, ne vous contraignez plus,
Sa captive à mes yeux le rend-elle infidelle ?
Je l'ay sceu par un bruit confus.
Mais j'éloignois de moy cette triste nouvelle,
Et sans douter d'un cœur que j'ay trop merité,
J'égalois sa constance à ma fidelité.
Apprenez-moy mon sort, devez-vous me le taire ?

PHILOCTETE.

Cet amour n'est plus un mistere.
Il m'est aussi fatal qu'à vous.
Helas ! Reyne, il detruit mon espoir le plus doux.
Iole me charmoit & j'avois sceu luy plaire,
J'allois devenir son époux.

DEJANIRE.

Ah que vous me portez de redoutables coups !
C'en est donc fait, ma honte est declarée,
Mes soins trahis, ma Rivale adorée.

Non, je ne puis souffrir ce cruel changement,
Une soudaine horreur de mon ame s'empare,
Et je deviens en un moment
Impitoyable & barbare.
Tremble perfide époux, & crains mon desespoir,
Dejanire en fureur ne connoist plus Alcide,
Tremble, j'acheveray l'attentat le plus noir,
Je sens que desormais c'est Junon qui me guide.

Du jour de ta naissance elle a juré ta mort,
Les Monstres, les Tyrans suscitez par sa haine,
N'ont fait contre tes jours qu'un inutile effort.
Tu les as surmontez sans peine,
Mais je sers son courroux, sa vengeance est certaine.

PHILOCTETE.

Quel projet osez-vous former?

DEJANIRE.

Que dis-je en effet, miserable?
Tout ingrat qu'est Alcide, il est encore aymable,
Malgré les maux dont il m'accable
Je ne puis cesser de l'aymer.
Faut-il que cette ardeur luy devienne fatale?
Epargnons ses jours precieux;
Mais à mes feux trahis immolons ma Rivale,
Et lavons dans son sang le crime de ses yeux.

PHILOCTETE.

Quel est ce crime? justes Dieux!
N'est-elle pas assez infortunée
De perdre pour jamais ce qu'elle ayme le mieux,
Sans qu'à perir encor elle soit condamnée?

DEJANIRE.

Elle m'oste le cœur du plus grand des mortels.
Tout celebre à mes yeux sa beauté triomphante;
Elle me livre à des pleurs éternels,
Puis-je la trouver innocente?

PHILOCTETE.

Ah! par les nœuds qui m'attachent à vous
Prenez des ſentimens plus doux.

DEJANIRE.

Dans le deſeſpoir qui m'anime,
Puis-je avoir quelque égard aux plus ſacrez liens?
Vengeons-nous ſeulement, cherchons-en les moyens
Et choiſiſſons le temps & la victime.

Dans ces vaſtes Deſerts, dans ces Bois tenebreux
Qui terminent la Theſſalie,
Dans un antre profond Theſtylis eſtablie,
Exerce de ſon art les myſteres affreux.
Elle excite les Vents, fait gronder le Tonnerre,
Les Aſtres à ſon gré deſcendent ſur la terre.
Ses charmes peuvent tout, il y faut recourir.
Je vais la conſulter dans ſon antre terrible,
Et par l'effort de ſon art infaillible
Reparer mes malheurs, le vanger, ou mourir.

SCENE QUATRIE'ME.

PHILOCTETE ſeul.

QVel Demon la conduit? que va-t'elle entre-
prendre
Contre l'objet de mon amour?
Chercheroit-elle à luy ravir le jour?
Dieux! eſt-ce le ſecours que j'en devois attendre?

SCENE CINQUIE'ME.

PHILOCTETE, IOLE, ÆGLE.

PHILOCTETE.

PRincesse que je crains la jalouse fureur
Dont j'ay veu contre vous Dejanire agitée!

IOLE.

Que d'un soin plus cruel je suis inquietée,
Et que je sens pour vous une juste terreur!

PHILOCTETE.

La Reyne à sa vengeance osera tout permettre
Pour vous ravir le cœur de son époux.

IOLE.

D'Alcide méprisé que peut-on se promettre
S'il apprend que le mien ne brûle que pour vous?

PHILOCTETE.

Helas! vous perirez, vous serez la victime
D'un impitoyable transport.

IOLE.

Helas! vous perirez, c'est moy qui vous opprime,
Mon amour seul causera vostre mort.

PHILOCTETE.

Ah! de tous les malheurs c'est le malheur supréme
De trembler pour ce qu'on ayme.

PHILOCTETE.

PHILOCTETE, IOLE, & ÆGLE'.

Ah ! de tous les malheurs c'est le malheur suprême
De trembler pour ce qu'on ayme.

PHILOCTETE & IOLE.

Tombent sur moy du sort les plus funestes coups !
Je ne crains que pour vous.

PHILOCTETE.

Si je vous perds, que m'importe la vie ?
Aux traits de mon Rival mon cœur ira s'offrir.
Je rendray grace à sa barbare envie,
Mon bonheur sera de mourir.

IOLE.

Si vous mourez, pourray-je vous survivre ?
Mon bonheur sera de vous suivre.

PHILOCTETE.

Amour que tes loix sont cruelles !
N'és-tu point touché de nos pleurs ?
Tu nous connois fidelles,
Et tu causes tous nos malheurs.

IOLE.

Il faut renoncer à te suivre,
C'est une erreur de t'adorer ;
Plus un sensible cœur à ton pouvoir se livre,
Plus tu te plais à le desesperer.

Mais quelle nouvelle lumiere
Se répand dans ces lieux, & brille dans les airs?

PHILOCTETE.

Que j'entens de charmants concerts!

IOLE.

Malgré mon desespoir ils ont l'art de me plaire.

PHILOCTETE.

L'Amour descend des Cieux dans le char de sa mere.

SCENE SIXIE'ME.

PHILOCTETE, IOLE, ÆGLE'.
L'AMOUR dans le char de Venus.

L'AMOUR.

NE vous plaignez plus de l'Amour,
Il veut pour vous ſignaler ſa puiſſance ;
Il peut vous rendre heureux peut-eſtre dés ce jour,
Vous devez ſur ſa foy reprendre l'eſperance.
Vous, qui dans vos ardeurs goûtez mille plaiſirs,
Aymable Cour de Flore, agréables Zephirs,
Et vous Nymphes des fleurs qui la ſuivez ſans ceſſe,
Venez de ces Amans ranimer la tendreſſe
Par vos chants & par vos ſoupirs,
Calmez leur triſteſſe,
Flattez leurs deſirs.

SCENE SEPTIE'ME.

PHILOCTETE, IOLE, ÆGLE',
Troupe de Zephirs & de Nymphes.

LE CHOEUR.

L'Amour s'intereſſe pour vous,
Eſperez, voſtre ſort ne peut eſtre que doux.

UN ZEPHIR.

Qu'on connoiſt peu l'Amour quand on le croit terrible !
Il n'a rien qui doive allarmer,
Ses peines ont dequoy charmer
Une ame fidelle & ſenſible.

PHILOCTETE & IOLE.

L'Amour s'intereſſe pour nous,
Eſperons, noſtre ſort ne peut eſtre plus doux.

Le Chœur.

L'Amour s'intereſſe pour vous,
Eſperez, voſtre ſort ne peut eſtre plus doux.

Fin du ſecond Acte.

ACTE III.

Le Theatre repreſente l'Antre de Theſtylis.

SCENE PREMIERE.

THESTYLIS ſeule.

MOn Art de tous les Arts eſt le plus precieux,
Il produit les plus grands miracles,
Par luy ma volonté ne trouve plus d'obſtacles,
Et ſon pouvoir m'égale aux Dieux:
Préparons aujourd'huy mes plus terribles armes,
Et redoublons la force de mes charmes;
Commençons, invoquons les ſombres Dëitez.

Mais par quelle audace indiscrette
Un profane ose-t'il a pas precipitez
Penetrer dans cet Antre & troubler ma retraite?

SCENE SECONDE.

DEJANIRE, THESTYLIS.

THESTYLIS.

NE craignez-vous point mon couroux?
O Ciel! c'est l'épouse d'Alcide!

DEJANIRE.

Mon malheur me rend intrepide.
Puissante Thestylis je n'espere qu'en vous.

THESTYLIS.

Reyne, que puis-je pour vous plaire?
Faut-il par de nouveaux efforts
Des Astres les plus purs étouffer la lumiere?
Faut-il des Elements rompre tous les accords?
Faut-il de l'Univers changer la forme entiere?
Commandez, ne balancez pas,
J'obeïray sans resistance.

DEJANIRE.

Je ne demande point, helas!
Ces effets de vostre puissance;

Je ne veux employer vos charmes les plus forts
Qu'à regagner le cœur d'un époux qui m'offence ,
Qu'à luy faire sentir la honte & les remords
Qui sont dûs à son inconstance.

THESTYLIS.

Vainement je voudrois tenter
De vous rendre le cœur d'un Epoux infidelle ;
Si vos yeux n'ont pû l'arrêter ,
Cessez de vous flatter ,
Qu'un charme étranger le rappelle.

DEJANIRE.

Si vous ne pouvez rien , quel sort dois-je esperer ?
Ciel ! que je t'éprouve barbare !
Ah ! du moins par vostre Art il faut me délivrer
De l'hymen qu'Alcide prepare :
Rompez-en les injustes nœuds ,
Renversez leur pompe cruelle ,
Accablez ces Amants de prodiges affreux ,
Faites perir Iole , ou la rendez moins belle :
Si ma Rivale perd ses charmes
Mon destin peut changer un jour ,
Mon Epoux sensible à mes larmes
Me redonnera son amour.

THESTYLIS.

Je vais pour calmer vostre peine
Employer de mon Art les plus puissans secrets.

Laiſſez-moy ſeule, allez, évitez des objets
Qui glaceroient vos ſens d'une terreur ſoudaine.

DEJANIRE.

Tous ces ménagemens ſont vains
Dans l'état où je ſuis reduite,
L'Hymen d'un ingrat qui me quitte
Eſt le ſeul objet que je crains.

THESTYLIS.

Croyez-vous qu'il vous ſoit facile
De voir ſans vous troubler tous mes enchantemens?

DEJANIRE.

S'ils peuvent finir mes tourmens,
Je les verray d'un œil tranquile.

THESTYLIS.

Puiſque vous le voulez je vais vous obeïr.

Soûtiens de mon Art redoutable,
Eſprits de qui la foy ne ſçauroit me trahir,
Preſtez-moy de vos ſoins le ſecours favorable;
Que le jour qui frape nos yeux
N'ait plus qu'une lumiere ſombre!
Mon Art myſterieux
Demande le ſilence & l'ombre.

Venez, ſortez de vos retraites,
Vous, que la Theſſalie admire autant que moy,
De mes ſecrets profonds ſçavantes interpretes,

Venez

Venez en me servant signaler vostre foy.
Je vous en impose la loy.

SCENE TROISIE'ME.

DEJANIRE, THESTYLIS, Troupe des Enchanteresses de la Thessalie.

THESTYLIS.

SOulageons l'Epouse d'Alcide.

LE COEUR.

Nous ignorons ses malheurs.

DEJANIRE.

J'ayme un perfide
Jugez quelles sont mes douleurs.

LE CHOEUR.

Nous concevons vostre peine cruelle.

DEJANIRE.

Calmez-la par vostre secours.

LE CHOEUR.

Cessez d'ayme un infidelle.

DEJANIRE.

Malgré son changement je l'aymeray toûjours.

LE CHOEUR.

Il est honteux d'avoir de la constance
Pour ceux qui nous osent trahir.

DEJANIRE.

L'empire de mon cœur est-il en ma puissance?
L'amour y regne seul, & s'y fait obeïr.

LE CHOEUR.

Avec de grands efforts vous pouvez vous promettre
De le combatre & de le surmonter.

DEJANIRE.

Ma peine est moindre à m'y soûmettre,
Qu'elle ne le seroit à le vouloir dompter.

Soulagez mes tourmens, mais laissez-moy ma flame,
Elle seule peut m'animer;
Je cheris ses ardeurs, & je sens que mon ame
Ayme encor mieux souffrir que de cesser d'aymer.

THESTYLIS.

Par des chants, par des sacrifices
Rendons-nous les Enfers propices.

LE CHOEUR.

Par des chants, par des sacrifices
Rendons-nous les Enfers propices.

THESTYLIS.

Divinitez des ſombres bords
Secondez nos efforts.

LE CHOEUR.

Divinitez des ſombres bords
Secondez nos efforts.

THESTYLIS.

Nous implorons voſtre aſſiſtance
Par ce feu qui nous luit ſur cet Autel ſacré,
Par voſtre immortelle puiſſance,
Par voſtre nom terrible, & toujours reveré.

Divinitez des ſombres bords
Secondez nos efforts.

LE CHOEUR.

Divinitez des ſombres bords
Secondez nos efforts.

THESTYLIS.

Reyne, écoute un ſecret que l'Enfer me declare.
Tu rompras l'Hymen que tu crains,
Et bien qu'Alcide le prepare,
Tous les apreſts en ſeront vains.
Ne te ſouvient-il plus du voile ineſtimable
Que Neſſus expirant remit entre tes mains?
Du ſang dont il eſt teint la vertu redoutable
Peut renverſer les projets des humains.

Fais ſeulement par ton adreſſe
Que ton époux le porte & s'en pare un moment,
Et tu verras qu'un grand évenement
Luy ravira ſa nouvelle maiſtreſſe.
Va, rien ne doit plus t'arreſter.

DEJANIRE.

Vous m'avez rendu l'eſperance.
Je pars. Déja mes maux ont moins de violence
Qu'il eſt doux en aymant de ſe pouvoir flatter!

Fin du troiſiéme Acte.

ACTE IV.

Le Theatre represente un Bois solitaire & agreable, la Mer est dans l'éloignement.

SCENE PREMIERE.

ALCIDE seul.

On amoureuse inquietude
Me fait chercher ces bois charmans,
Dont l'agreable solitude
Flate les peines des Amans.
Que ces reduits solitaires & sombres
Conviennent bien à l'état de mon cœur!
Que le silence, & l'épaisseur des ombres
Sont propres à nourrir ma secrette langueur!

Mais, helas! quelle est ma foiblesse?
Lorsque de mes Exploits rien n'arreste le cours,
De mille traits l'amour me blesse,
Et sans luy resister je luy cede toujours.
J'ayme un nouvel objet, je quitte Déjanire,
Je deviens injuste & leger;
Ne puis-je, Amour, me dégager,
Et fuïr les noms que l'inconstance attire?
Non, je ne veux point te braver;
Pourquoy contraindre mon envie?
Qui m'ordonne de me priver
Des plus doux plaisirs de ma vie?

Quel transport me saisit, & qu'est-ce que je sens?
Ah! que le bruit des flots qui frapent ce rivage;
Que les oyseaux de ce boccage
Ont de charmes puissans
Pour calmer les ennuis, pour enchanter les sens!
Que de leurs voix la douceur me soulage!
Que j'ayme leurs divins accens!
Je vais les écouter sous ce tendre feüillage.

SCENE SECONDE.

PHILOCTETE seul.

Bien-tost dans ce Bois écarté
Mes yeux verront la beauté que j'adore ;
Nous y pourrons en liberté
Parler des feux qu'Alcide ignore ;
Grace au secours dont l'Amour m'a flatté,
Nous devons esperer encore.

Cher objet que j'attens ne paroistrez-vous pas?
Si vous m'aimez hastez vos pas ;
Je cede à mon impatience,
Je ne me connois plus dans le trouble où je suis,
J'ay besoin de vostre presence
Pour resister à mes ennuis.
Elle vient, je la voy.

SCENE TROISIE'ME.

PHILOCTETE, IOLE, ÆGLE'.

PHILOCTETE.

MOn aymable Princeſſe,
Que j'ay ſouffert loin de vos yeux!
Jugez quelle étoit ma triſteſſe,
Par le plaiſir que j'ay de vous voir en ces lieux.

IOLE.

J'ay ſenty comme vous les peines de l'abſence;
Elles m'ont coûté des ſoupirs.
Je vous revoy; l'Amour m'en recompenſe,
Et je ſens vos meſmes plaiſirs.

PHILOCTETE.

Que cet aveu me plaiſt!

IOLE.

Je m'explique ſans crainte;
Un veritable amour ayme à ſe découvrir.

PHILOCTETE.

Le noſtre ne peut plus ſouffrir
Le myſtere, ny la contrainte.

Profitons

Profitons des heureux momens
Qu'un Rival injuste nous laisse,
Et renouvellons les sermens
D'une inviolable tendresse.

IOLE.

Que le Ciel m'abandonne au plus cruel tourment
Si toute mon envie,
N'est de finir ma vie,
En vous aymant.

PHILOCTETE & IOLE.

Que le Ciel m'abandonne au plus cruel tourment
Si toute mon envie,
N'est de finir ma vie,
En vous aymant.

IOLE.

Redoublons s'il se peut nos ardeurs mutuelles.
Le pouvoir d'un Rival doit-il nous allarmer?
Il ne peut nous ravir si nous sçavons aymer,
La gloire de mourir fidelles.

PHILOCTETE.

Qu'avec plaisir je sens croistre mes feux!
Et que je m'applaudis de vous avoir servie!
Quand il m'en coûteroit la vie,
Ne serois-je pas trop heureux?

IOLE.

Si vous estes content d'une tendresse extrême,
La mienne doit combler nos vœux.
On n'a jamais aymé si tendrement que j'ayme.

PHILOCTETE & IOLE.

Redoublons s'il se peut nos ardeurs mutuelles.
Le pouvoir d'un Rival doit-il nous allarmer?
Il ne peut nous ravir si nous sçavons aymer,
La gloire de mourir fidelles.

SCENE QUATRIE'ME.

ALCIDE, IOLE, PHILOCTETE, ÆGLE'.

ALCIDE.

Q*Ue voy-je?*

IOEL.

Vous estes perdu.

PHILOCTETE.

Quel malheur!

ALCIDE.

J'ay tout entendu.
Tu m'oses donc trahir sans craindre ma colere?

PHILOCTETE.

J'ayme, il est vray, je suis vostre Rival,
Et je ne veux plus vous le taire,
Je sçay que cet aveu me doit estre fatal,
Que vous allez punir mon amour temeraire.
Mais je ne crains point le trepas.

ALCIDE.

N'en doute point perfide, tu mourras.

IOLE.

Seigneur, que pretendez-vous faire?

ALCIDE.

En vous donnant à moy desarmez ma colere.
Qu'avant la fin du jour vostre sort & le mien
Soient unis par l'Hymenée.

PHILOCTETE & IOLE.

Quoy, vous voulez....

ALCIDE.

Je n'écoute plus rien.
Maistre de vostre destinée
J'ordonne, allez, obeïssez.

PHILOCTETE & IOLE.

Helas!

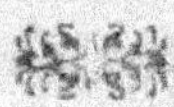

SCENE CINQUIE'ME.

ALCIDE seul.

PAr cet Hymen pour eux plus rdoutable
Que tous les traits par ma fureur lancez,
Je punis leur flame coupable,
Et les soupirs qu'ils ont poussez.
Mais prés de me lier d'une chaine nouvelle
Junon, m'est-il permis de m'adresser à vous ?
Mortel, suis-je l'objet d'une haine immortelle ?
Ne pourray-je à la fin flechir vostre corroux ?

Je sçay si vous m'estes contraire,
Que les nœuds de l'Hymen où je vais m'engager
Loin de m'offrir rien qui puisse me plaire
Dans un goufre d'ennuis vont encor me plonger.

J'ay depuis le berceau contenté vostre envie,
J'ay finy les travaux que vous m'avez prescrits.
Je ne demande pour tout prix
Que de passer en paix le reste de ma vie.

Vous Licas, & vous tous assemblez par mes soins
De mes exploits compagnons ou témoins,
A la Reyne des Cieux élevez un trophée
Des dépoüilles de mes combats.

SCENE SIXIE'ME.

ALCIDE, LICAS, Troupe de Suivans d'Alcide.

ALCIDE.

Puisse par mes respects sa colere étouffée
M'accorder le repos dont je ne joüis pas.

SCENE SEPTIE'ME.

LICAS, Troupe de Suivans d'Alcide.

LICAS.

O Junon recevez l'hommage
Du plus grand des mortels,
Souffrez qu'il pare vos Autels
De ces marques de son courage.

LE CHOEUR.

O Junon recevez l'hommage
Du plus grand des mortels,
Souffrez qu'il pare vos Autels
De ces marques de son courage.

Un Suivant d'Alcide.

Alcide n'a que trop senty vostre vengeance,
A d'éternels malheurs faut-il le condamner?
Plus vous avez de puissance,
Plus vous devez pardonner.

Le Chœur.

O Junon recevez l'hommage
Du plus grand des mortels,
Souffrez qu'il pare vos Autels
De ces marques de son courage.

SCENE HUITIE'ME.

DEJANIRE, LICAS, Troupe de Suivans d'Alcide.

DEJANIRE.

FUyez loin de ces lieux, fuyez troupe importune.
A la Reyne des Cieux quels vœux adressez vous?
Sa fureur passe mon courroux,
Et nostre querelle est commune.
Loin qu'à mon infidelle époux
Vous la rendiez plus favorable;
Vous irritez encor sa haine inexorable.
Cessez de la prier, tremblez, & fuyez tous.

SCENE NEUFIE'ME.

DEJANIRE seule.

CE trophée élevé fait éclater la gloire,
Du Heros que mes yeux n'ont pu me conserver.
Mais dans le mesme temps il offre a ma memoire,
Le sacrilege Hymen qu'il est prest d'achever.

Dieux protecteurs de la foy conjugale
Laisserez-vous triompher ma Rivale?
Dieux justes, Dieux puissans, je vous invoque tous.
Sur tout c'est en toy que j'espere
Enfant redoutable a ta mere,
Et dont tout l'Univers craint la force & les coups.
On va porter ce voile à l'Ingrat que j'adore, *
Mais que pourroit sans toy tout le sang du Centaure,
Et le pouvoir de Thestylis?

* Elle tient en ses mains le voile de Nessus.

Quoy qu'elle ait pû me dire, Amour je tremble encore,
Et c'est ton secours que j'implore,
Tu soûmets Jupiter, soûmets encor son fils.

Ne prens pas un trait ordinaire
Pour dompter ce ſuperbe cœur.
Choiſis celuy dont tu bleſſes ſon pere
Quand tu veux eſtre ſon vainqueur,

Fin du quatriéme Acte.

ACTE V.

Le Theatre represente le Mont Æta.

SCENE PREMIERE.

DEJANIRE seule.

C'EST sur ce Mont sacré que l'infidelle Alcide
Veut couronner sa tendresse perfide,
Et celebrer les nœuds d'un hymen criminel;
De tous costez le Peuple accourt à cette feste.
Les Prestres ont dressé l'Autel,
Le bucher va brûler, & la victime est preste:
Mon espoir seroit-il deceu?
Du voile de Nessus quel effet dois-je attendre?
Par les mains de Licas mon époux l'a receu.
Le porte-t'il en vain, & ne puis-je pretendre
Qu'il produira bien-tost le juste changement
Qui peut seul terminer ma honte & mon tourment.

SCENE SECONDE.

DEJANIRE, Troupe de Prestres & de leurs Ministres, Troupe de Peuple.

LE CHOEUR.

Hymen favorise nos vœux.
Qu'Alcide sous tes loix soit à jamais heureux.

DEJANIRE.

Dieux! qu'est-ce que je viens d'entendre?

UN PRESTRE.

Hymen favorise nos vœux.

DEJANIRE.

Mon infidelle en ces lieux va se rendre.

LE PRESTRE.

Qu'Alcide sous tes loix soit à jamais heureux.

DEJANIRE.

Son infidelité ne trouve plus d'obstacle.
Evitons ce cruel spectacle.

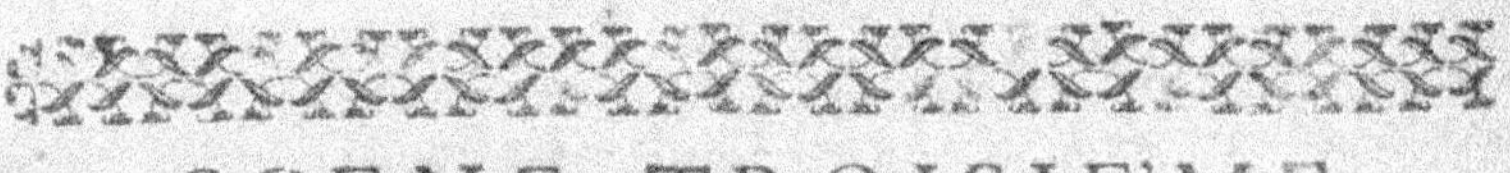

SCENE TROISIE'ME.

Troupe de Prestres, de leurs Ministres & du Peuple.

LE CHOEUR.

Hymen favorise nos vœux.
Qu'Alcide sous tes loix soit à jamais heureux.

LE PRESTRE.

Tu peux seul terminer les maux dont il soupire.
Que tes faveurs previennent ses desirs.
Qu'il ne trouve dans ton empire
Que de beaux jours & des plaisirs.

LE CHOEUR.

Hymen favorise nos vœux.
Qu'Alcide sous tes loix soit à jamais heureux.

SCENE QUATRIE'ME.

PHILOCTETE, DEJANIRE, Troupe de Prestres, de leurs Ministres & du Peuple.

PHILOCTETE.

FInissez tous ces chants que l'allegresse inspire
Déplorez avec moy le plus grand des malheurs.

DEJANIRE.

Prince que voulez-vous me dire?

LE CHOEUR.

Quel est le sujet de vos pleurs?

PHILOCTETE.

Alcide va perir accablé de douleurs.

DEJANIRE.

Dieux!

PHILOCTETE.

Ce Heros gemit d'un feu qui le consume:
Son sang empoisonné dans ses veines s'alume.

Le voile de Nessus, detestable ornement
Attaché sur son corps a produit son tourment.

DEJANIRE & LE CHOEUR.

Helas!

PHILOCTETE.

Pour moy, bien que son injustice
Me ravit ce que j'ayme & preparast ma mort,
Je ne puis refuser des larmes à son sort,
Et je fremis de son suplice.
Fuyez sa colere, & ses yeux.
Il me suit, il vient en ces lieux.
Déja par un effort de sa main meurtriere
Licas a perdu la lumiere,
Et lancé contre des Rochers
Tout son corps reduit en poussiere
Au gré des vents a volé dans les airs.
Un pareil destin vous menace...

DEJANIRE.

Je l'attendray comme une grace.
Aprés ce que j'ay fait je ne puis trop souffrir,
Et je ne cherche qu'à mourir.
Quoy je fais les malheurs d'un Heros que j'adore,
De leur seul deffenseur je prive les vertus,
Je ranime l'espoir des Tirans abatus,
Miserable, & je vis encore.
Pour voir par mon secours ses desseins accomplis,
La barbare Junon a seduit Thestylis,

Et dicté la fausse promesse
Qui sembloit flatter ma tendresse.
Est-ce ainsi que les Dieux abusent les mortels?
Impitoyable Deesse,
Que ne m'est-il permis de briser tes Autels!
Je fais tous les malheurs d'un Heros que j'adore
Miserable, & je vis encore.
Mourons, c'est le juste party
Qu'en l'état où je suis j'ay resolu de suivre.
Rompons de mon Hymen le nœud mal assorty,
Et puisse mon époux du tombeau garanty
Dans un parfait bonheur regner & me survivre.

LE CHOEUR.

D'Alcide furieux évitez les approches.

PHILOCTETE.

Je l'entens.

DEJANIRE.

Je ne crains que ses mortels reproches.
Avant que de le voir livrons-nous au trépas.
Sans fer & sans poison j'en trouveray la route,
Mon desespoir ne me trompera pas.
Monarque des Enfers que le crime redoute,
Vous Ministres de ses arrests
Redoublez vos fureurs pour me rendre justice,
Et d'un commun accord choisissez un supplice
Dont la rigueur réponde à mes forfaits.

Ces Rochers à propos m'offrent un precipice
Qui me dérobe au jour, & comble mes souhaits.

SCENE CINQUIE'ME.

PHILOCTETE, Troupe de Prestres, de leurs Ministres, & du Peuple.

PHILOCTETE.

Elle meurt.

LE CHOEUR.

Son trépas prouve son innocence.

PHILOCTETE.

Quel destin; mais je vois Alcide qui s'avance.

SCENE SIXIE'ME.

ALCIDE, PHILOCTETE, IOLE, ÆGLE', Troupe de Prestres, de leurs Ministres, & du Peuple.

ALCIDE.

Ne pourray-je trouver de remede à ma peine?
Maistre des Dieux m'éconnois-tu ton fils?
Qui peut te rendre insensible à mes cris?
Songe à me secourir, ou ma constance est vaine.

Voile fatal, poiſon dont je ſuis devoré,
Brûlerez-vous ſans ceſſe un cœur deſeſperé?
Laiſſez-moy reſpirer.... tout eſt ſourd à mes plaintes.
Helas! tout me trahit en ces cruels momens:
Et mes tourmens
Bien loin de s'affoiblir redoublent leurs atteintes.

Je n'en puis plus, ma force m'abandonne.

Que vois-je, ô Ciel! quels ſont ces monſtres furieux?
Oſent-ils paroiſtre à mes yeux?
Quoy donc leur preſence m'étonne?
Purgeons-en l'Univers, ah Dieux!
Mes maux de ma raiſon me raviſſent l'empire.
Je ne me connois plus, je pleure, je ſoupire.
Concevez, s'il ſe peut, quelles ſont mes douleurs
Qui troublent mes eſprits, & m'arrachent des pleurs.

IOLE.

Helas! que ſon ſort m'épouvante!

PHILOCTETE.

Junon, n'eſtes-vous point contente?

ALCIDE.

O mort! je t'implore en ce jour,
Ce n'eſt plus qu'aprés toy que mon ame ſoupire;
J'ay triomphé jadis de ton puiſſant empire,
Et tu triomphes a ton tour.
Mais avant mon trépas puniſſons Déjanire,
Sa colere a plus fait que tous mes ennemis.

PHILOCTETE.

Elle s'est puniè elle-mesme
D'un crime que Nessus & le sort ont commis.

ALCIDE.

Nessus? ô Ciel! je touche à mon bonheur supréme,
Et voicy le grand jour que les Dieux m'ont promis.
Je ne crains plus ma peine extréme,
Mon destin desormais à moy seul est remis.
Il est temps de quitter ma dépoüille mortelle,
Mes travaux sont passez, & l'Olimpe m'appelle.

Tendres Amans que j'avois separez
Qu'un Hymen charmant vous unisse,
Pardonnez à mon injustice
Les maux où je vous ay livrez.

Brisez le dernier nœud qui m'attache à la terre,
Feux sacrez, détruisez ce que j'ay de mortel.
Toy, pour marquer ce jour à jamais solemnel,
*Jupiter, sur ce Mont fais gronder ton tonnerre.**

* Il se precipite dans le Bucher.

IOLE & PHILOCTETE.

Le Ciel enfin comble nos vœux.
Alcide est immortel, & nous sommes heureux.

Fin du cinquiéme & dernier Acte.

www.ingramcontent.com/pod-product-compliance
Ingram Content Group UK Ltd.
Pitfield, Milton Keynes, MK11 3LW, UK
UKHW021502260726
13993UKWH00004B/1527